AF341794

# LA DIGNITÉ
## DES GENS DE LETTRES,
## PIÈCE

QUI A CONCOURU POUR LE PRIX
de l'Académie Française, en 1774.

Par M. DOIGNI.

*O fortunatos nimium sua si bona nôrint !*

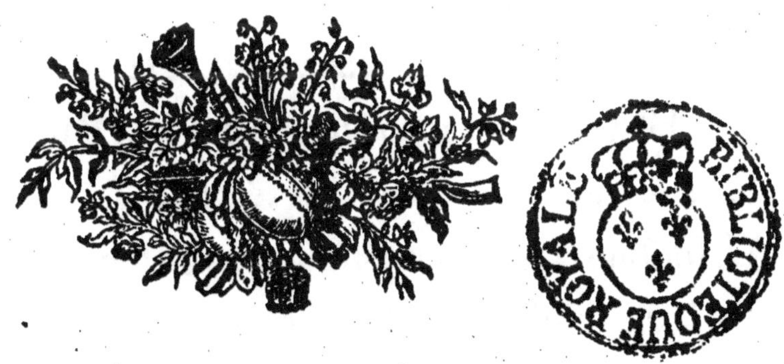

A PARIS,

Chez DEMONVILLE, Imprimeur-Libraire de l'Académie
Française, rue Saint-Severin, aux Armes de Dombes.

M. DCC. LXXIV.

# *LA DIGNITÉ*

## DES GENS DE LETTRES.

LOrſqu'échappé des fers d'une ſombre ignorance,
L'homme moins malheureux ſentit ſon exiſtence,
Il ouvrit ſa demeure aux arts conſolateurs;
Il leur dut ſes plaiſirs, ſes vertus & ſes mœurs :
Combien il fut ravi, quand un brûlant délire,
Sous ſes doigts créateurs fit réſonner ſa lyre,
Et lorſque regardant autour de ſon berceau,
De la riche Nature il ſaiſit le tableau !
Bientôt la Poëſie, aimable enchantereſſe,
Fit deſcendre les Dieux au milieu de la Grèce,
Et l'auguſte Éloquence, interprète des lois,
Des Deſpotes altiers faiſant taire la voix,

A 2

Tonna fur la Tribune où fiégeait Démofthène ;
Tandis que tout un Peuple au Théâtre d'Athène,
De fes premiers Héros déplorant les malheurs,
Trouvait dans fes plaifirs la fource de fes pleurs.

Beaux Arts, votre clarté fut long-tems obfcurcie
Par la nuit de l'erreur & de la barbarie !
De ftupides Tyrans , fur le Trône abhorrés,
Tremblaient de gouverner des Sujets éclairés :
Vous êtiez abattus fous ces monftres fauvages ;
Mais marchant au milieu des ténèbres des âges,
Le Génie a couvert un plus vafte horifon,
Et repris fon flambeau des mains de la Raifon.

Vous, de tous les talens les fouverains arbitres,
Vous qui nous éclairez, connaiffez tous vos titres !
D'un bout du monde à l'autre on entend votre voix,
Vos accens vont frapper les oreilles des Rois.
Malheur à qui, fuivant la foule des Efclaves
Condamnés à porter de fuperbes entraves,
Du fein de fes grandeurs qu'effacent vos écrits,
Ferait tomber fur vous le regard du mépris !

Le mortel le plus noble, est le mortel qui
    pense;
Jaloux de conserver sa fière indépendance,
Il rejette l'appui du riche corrupteur,
Qui veut pour l'avilir être son protecteur.
Quel éclat imposant, quelle gloire environne
Le Favori des Arts que le laurier couronne !
On apporte à ses pieds les tributs du respect,
Tout un Peuple le suit & cherche son aspect;
On ne demande point, en le voyant paraître,
Dans quelle source antique il a puisé son être,
Quel est son rang, son nom, & le sang dont il sort:
Il s'est créé lui-même, il ne doit rien au sort;
Sa juste renommée, en cent lieux répandue,
L'emportant au dessus de la foule inconnue,
Sans cesse le dévance, & fait rougir le grand,
Qui n'eût pu sans aïeux échapper au néant.

C'est loin de nos regards qu'un Penseur solitaire
Déploie en liberté son mâle caractère;
Amoureux de la gloire, il sait la pressentir,
Sa vaste ambition règne sur l'avenir.

( 4 )

« Tout disparait, dit-il, tout meurt & tout suc-
    » combe,
» L'Esclave, l'Oppresseur sont couchés dans la tombe;
» Mais rien ne porte atteinte aux sublimes écrits,
» Et la Gloire s'assied sur d'immenses débris ».
Ce noble enthousiasme a fécondé son âme;
Il écrit; sa pensée est peinte en traits de flâme ;
Et s'élançant au sein de l'Etre universel,
Un moment lui suffit pour le rendre immortel.

Un spectacle plus beau vient s'offrir à ma vue :
Que vois-je ! Le Génie obtient une statue !
Je reconnais le Roi des Arts & des Talens,
Qui, modeste vainqueur de l'Envie & du Tems,
Au dessus du Parnasse, à qui sa gloire est chère,
Lève avec majesté sa tête octogénaire;
Partageant un honneur que son siècle lui dut,
La France est à ses pieds, elle apporte en tribut
Les pleurs qu'elle répand sur Mérope & Zaïre;
L'ombre du Grand Henri le contemple, l'admire,
Il semble s'applaudir que son Chantre fameux ,
En charmant l'Univers, fasse encor des heureux :

Et moi dans ce moment je m'agrandis peut-être;
Un Sujet a le droit d'être fier de son Maître.


Vous, dont ce bel exemple échauffe les grands
  cœurs,
Votre célébrité vous promet ces honneurs !
Embraffez des talens la fphère illimitée;
Mais lorfque vous prenez le vol de Prométhée,
Confolez les mortels, placés fi loin de vous ;
Que toujours les vertus vous rapprochent de nous.


Ecrivains éloquens, votre main aguerrie
A relevé l'autel de la Philofophie ;
La Vérité s'affied où triomphoit l'Erreur,
Et le monde éclairé s'approche du bonheur.
Nous ne regrettons point ces jours de l'ignorance,
Où guidé par la haine & par l'intolérance,
L'homme ofait préfenter au Dieu de la bonté,
Les fruits de la vengeance & de la cruauté.
La lumière a percé nos profondes ténèbres,
Et la guerre pliant fes étendards funèbres,

A porté ſes fureurs dans les déſerts du Nord.
Les Peuples raſſemblés par un commun accord ,
Offrent de l'union l'intéreſſant ſpectacle ;
A leur félicité rien ne met plus obſtacle,
Et l'Humanité ſainte , en reprenant ſes droits ,
Repoſe en sûreté ſur le Trône des Rois.

O Sages adorés, voilà votre avantage !
Pourquoi ne pas jouir de votre propre ouvrage?
Seriez-vous déſunis quand vous chantez la Paix ?
Peut-on la faire aimer , ſans la goûter jamais?
Songez que l'Univers ſans ceſſe vous contemple;
Il faut pour mieux l'inſtruire en devenir l'exemple.
Que dis-je ! Un peuple obſcur proſterné devant
    vous,
Des honneurs qu'il vous rend, quelquefois eſt jaloux.
Faites par les vertus pardonner au Génie ;
Si vous avez des mœurs vous braverez l'envie :
Votre gloire eſt à vous; êtes-vous moins fameux
Lorſque vous partagez notre encens & nos vœux?
Croyez-moi , l'Ecrivain que ſon ſiècle renomme,
Pour avoir des rivaux , n'eſt pas moins un grand
    homme.

Laissez vos ennemis dans leur obscurité,
Portant un œil jaloux sur la célébrité,
Révoltés en secret contre leur impuissance,
A leurs tristes débats devoir leur existence ;
Et traînant dans l'opprobre un pénible destin,
S'abreuver à longs traits de leur propre venin :
Mais vous qui répandant des torrens de lumière,
Du Palais des beaux Arts nous ouvrez la barrière,
Osez représenter ces esprits immortels,
Qui Ministres sacrés des décrets éternels,
Sont des foibles humains les Protecteurs suprêmes,
Dispensent le bonheur, & le goûtent eux-mêmes.

Quel triomphe pour vous, si vous ouvrant ses bras,
La touchante Amitié terminait vos combats,
Dans vos cœurs épurés répandait son ivresse,
Et pour vous rendre heureux vous rassemblait sans
    cesse !
Au sein des mêmes goûts & des mêmes travaux,
Qu'il est beau, qu'il est doux d'embrasser ses rivaux !
De chanter leurs succès, d'applaudir à leur gloire,
D'oser avec franchise avouer leur victoire,

Et d'étaler enfin un spectacle à nos yeux,
Digne de nos transports & des regards des Cieux,
Des grands-hommes unis par une étroite chaîne,
Eteignans pour toujours les flambeaux de la haine.

Ils n'auront point de droits au Temple des neuf
Sœurs,
Ceux qui n'ont point rougi de dégrader leurs mœurs;
Je les ai vu descendre à d'obscures intrigues,
Se traîner sourdement dans le sentier des brigues;
Par la haine j'ai vu le Génie enflammé,
L'antique enthousiasme en rage transformé,
Des Autels d'Apollon les guirlandes flétries,
Le sceptre des Talens dans la main des Furies.

O divin Fénélon! ô nom cher & sacré,
Qui réveille l'amour dans mon cœur enivré,
Toi, qui sans cesse en butte aux assauts de l'envie,
Prêtas à la Vertu les accens du Génie;
Tu cédas au besoin d'aimer & de sentir,
Et ne connus jamais le malheur de haïr;

( 9 )

Entouré des méchans, tu ne pouvois y croire,
L'inftant de tes erreurs fut l'inftant de ta gloire ;
Modefte, bienfaifant, tolérant & foumis,
Tu fis de leurs complots rougir tes ennemis;
Tu fus grand à la Cour comme fur le Parnaffe,
Simple dans la faveur, ferme dans la difgrâce,
Et la paix des humains, leurs vertus, leur bonheur,
Furent les derniers vœux échappés de ton cœur.
Ah ! puiffe le tranfport que ton exemple infpire,
De la douce union éternifer l'empire !

Talens, charmez mes jours, embelliffez-les tous !
O Favoris des Arts, je m'abandonne à vous !
Recevez mes fermens, fous vos lois je veux vivre;
Mais quand abjurant tout, je promets de vous fuivre,
Intéreffez mon cœur, laiffez-le s'attendrir,
Et m'offrez des vertus que je puiffe chérir.

---

Lu & approuvé, ce 13 Août 1774. MARIN.
Vu l'approbation, permis d'imprimer, ce 17 Août 1774.
DE SARTINE.